문득 뒤돌아보다

문득 뒤돌아보다

박현태 시집

토담미디어

답을 구하지 않는다
그냥 쓸 뿐
매김을 하지 않는다
오랜 세월 정붙이로 해왔기에
하등 사유도 없다
문득 나이 생각을 하곤 한다
한세상이라고 붙여도 되리라
참 바삐, 어둔하게 살아오면서
생명저림 같은 걸 느낄 때마다 시를 썼다
내게 시 쓰기는 마음을 산책하는 것이다
여유와 휴식 단순한 일상의 낙서만큼 귀히 대한다
이번 시집이 열아홉 번째다
그래도 매번처럼 첫 시집이라 여겨진다
답하건데 시를 사랑하는 마음이라 단언한다
이곳 수리산 자락에 삶을 부리고 기거한지
어언 이십오 년이 되었다
시를 쓸 수 있게 해주는 고향 같아서
참 다정하고 좋은 동네.

차례

1부

4부

1부

돈나물을 무치며

탁 탁 소금 치는 건
되살아 돌밭으로 못 가게 위해서다
톡 톡 고추가루 뿌리는 건
파릇파릇 볼테기에
야시시한 화색을 올려놓기 위해서다
쪼르록 참기름 칠하는 건
겨울 땅에 얼어터진 종아리를
매끌거리게 위해서다
야들야들 버무리는건
봄 무침 위해서다
손가락에 콕 찍어 맛을 보는 건
엄마 사랑 흉내내기 위해서다.

내 이름 불러보면

내 이름 불러보면
서러워 눈물 난다

숱한 세월
그 흔한 부와 권력
사랑에 부끄럽고 명예에 미안하여
한평생 숨겨온 갈증과 허기
한 번도 풀어주고 채워주지 못했다

미안하다
내 이름은 미투에도 없다.

가을을 걸으며

걷지 않을 수 없네
가을이네
물결치듯 넘치는 단풍길
꼿꼿하게 말라가는 강가의 늪새길
바람 불어 서걱이며 손짓하는데
아주 천천히 저물며
어느덧 떠나는 가을 따라
시선이 흐리는 저 풍경 끝까지
발끝에 채이는 덧없음과 함께
나는 걷지 않을 수 없네
가을이네.

그날 그리고 그 이튿날

살다보면 사무침이 지워질까 했습니다
어제인 듯 선연히 나타나는 그날
그리고 그 이튿날도 그랬습니다
명치에 걸린 그리움이 짐짓 모른 체해도
그냥은 사라질 기미가 없습니다
그렇게 아픈 그날
그리고 그 이튿날도 그랬습니다
어머니가 가신 그 후
그 긴 세월 동안
나는 하루도 사무치지 않는 날이
없었습니다.

둘이어야 되는 것

섬은 바다 속에 있고
바다는 섬 곁에 있다

곁에거나
속에거나
바다와 섬은 함께라야
둘이 된다

내게는 아내
아내에겐 나처럼
그렇다.

운수 좋은 날

땅이 출렁거린다
혹은 허공에 떠서
바람에 실려 가거나
대륙이 바다에 떠밀려가며
머리와 꼬리를 흔들어 자맥질 시키듯
그렇게 간다
나는 손수 취하지 안았다
세상의 밤이 황홀에 가득 차 있기 때문이다
다시는 돌아 갈 수 없는 청춘과 함께 간다

오늘은 운수 좋은 날
펑펑 함박눈이 쏟아지고 있다
집에까지는 아직 길이 남았다.

만추에 젖는 비

비
온다
이 가을
다시 오지 않을 비
마중 나간다

세상이 그림책이다

꽃같은 잎들이
지금 막
붓 끝을 뗀
원색 그대로 젖는다.

더는 가지 못하고 기다린다.

행복을 저축하다

삶을 저축할 수 있다면
입출금통장처럼
자동이체도 되고 카드로도 사용할 수 있다면
남의 눈치 안 보고
기분 좋은 날엔 눈 감고 확 그어도 보고
이런 생각을 할 땐 행복해진다
넘치는 오늘의 행복을 저축해 두었다가
문득 외로운 날에 카드로 내밀어
바닥이 드러날 때까지 낭비도 해보고
한 푼 이자가 붙지 않는다 해도
부와 명예 사랑과 질투까지도 저축해야겠다
날마다 챙기고 부어
내 인생 두둑한 통장 하나 만들어야겠다
오늘 같이 좋은 날은
마음 문이 닳도록 들락거리며 저축을 해야겠다.

산에 오르며

지상에 산이 없다면
소나무는 어디서 자라고
산새는 무슨 가지에 앉아서 울까

우스운 생각을 하는 동안
산정이 눈앞에 와서 터억 버티고 있다
계곡의 꼭대기와 바위의 뒤통수도 같이 왔다

산이 있어서 좋고
산에 사는 짐승처럼
세상의 하루가 산 될 수 있어 좋다.

바다낚시

낚시광 후배가 바다를 낚으러 가자 한다
바다를 어찌 낚느냐고 궁금해서 따라 간다
해변에 자리를 깔고 밤낚시를 시작한다
긴 줄낚시를 물속에 던져 갯가에 걸어 두고
모닥불 피워 소주잔을 나눈다

별들이 초롱초롱 빛나는 하늘 아래
사람과 바다가 세월을 마주하고 은근하게 논다
미풍이 불자
잔파도들이 일어나서 찰랑찰랑 입질한다
꼿꼿하던 낚싯대 미동을 시작하며 빨간 찌가 춤춘다

형 저 봐요
바다가 입질을 하네요
해저에 몰려다니는 별빛들이
바늘을 물었다 놓았다 한다
옳거니 바다를 낚는다는 게 이러함이려니 짐작한다.

그 섬에

바다가 있어야
섬이 있다

섬 없는 바다
바다 없는 섬은 없다

그 섬에
누가 사는 지
궁금하다

지는 석양을 보며

흙을 파고 나이를 묻습니다
지금부터 거꾸로 묻으려 합니다
일흔일곱, 일흔여섯, 예순셋
예순한 살 까지 순식간입니다
먹을 때의 나이와는 너무 빠르게 묻힙니다
그토록 지난하게 살아온 세월이
순식간에 몸을 던져 차곡차곡 쌓입니다
금방 구덩이가 그득해지도록
추풍에 낙엽이듯 등을 지고 눕습니다
이순, 지천명, 불혹이라는 명패들이
헛물켜듯 까마득히 지워집니다
부끄럽습니다
이리 쉽게 지워질 줄 몰랐습니다
삶이 그토록 가벼운 한낱 허물 같을까요
헛 산 세월이 나이 탓만은 아니겠지요
나무들은 한해살이를 잎에 실어 보내지만
새 봄에 다시 자랑처럼 솟아오르지만
나는 한 줌의 분노만큼도 안 되는 부끄러움으로

떨군 고개 들고 하늘을 올려 봅니다
참 맑고 푸릅니다
일생 동안 머리에 이고 온 하늘이 이토록 황홀해지는 건
무슨 깨달음의 탓이겠지요
세상이 험하다고요, 그럴까요
나의 오늘이 비로소 내 탓이라는 것을 알게 하네요.

명상

삶이 한가한 사람이 명상을 한다
무엇이 두려운가
머리 위에 하늘이고
발밑이 지상인데
이 둘을
누리고 즐김이 삶이려니
더는 무엇이 필요한가
명상을 하지 않음이
진정 명상이리니.

추파秋波

가을 오나봐
바람에 냉기가 묻었제
등짝이 시려오제
숲이 내는 소리들이 노래지제

코 끝에 햇살이 앉아 있는데도
소매 끝에로 자꾸 스며드는 한기
그나마 사랑도 못 느끼는 몸이
짐작이나 할 뿐

바람 불제
먼저 안기려는 이파리들이 땅을 향해
아우성이제

지금은 가을 비 오는 중

비 온다

이 가을
더는 맞지 못할
비 마중한다

톡톡톡 우산 속 빗소리
촉촉하게 젖는 낙엽 발길에 느낀다

속죄하는 마음으로 고개 숙여 걷는다
침묵하는 바람이 그림처럼 젖는다
하늘이 눈물 같다.

아버지의 황금 들녘

석양빛에 드러누운 바다처럼
하늘 아래 그득히 싯누런 들판이 출렁이네
풍년 들었네 아버지의 가을

그토록 바쁘게 냉수에 찬밥 말아 후루룩
더운밥은 시간이 걸린다면서
황금같이 아끼던 농부의 호시절 왔네

쓸쓸함보다 더 쓸쓸해지네
이 땅에 뿌리를 내리고
지심을 뽑아 올려 몸 굵게 먹고 살았던 시절
그런 아버지의 아들로 태어나
이 들판의 익은 나락처럼
고개를 숙이고 누렇게 익어가는 그런 삶
회오가 넘실거리는 들길을 걷네.

포란의 계절

겨울이 비워준 산기슭
얼음이 낳은 얼음알이
새알처럼
보드라운 덤불 속에 옹기종기
봄볕이 어미처럼 포란을 하고 있네

조급한 산새들이 둥지를 선회하고
얼음알이 녹으며
봄이 부화되고 있네
지상에 더 좋은 시절 더는 없을 것이네.

사과의 주인은 누구인가

읽던 책을 덮어둔 지 이틀이 지났다
그새를 참지 못하고 잡념들이 수풀처럼 자랐다
사과밭을 거닐며 잘 익은 사과에게 미안하다
저들이 저런 홍안이 되도록
나는 무슨 고민을 했는가
생각이 생각처럼 되지 않음을 사과에게서 느낀다

사과의 주인은 누구인가
세상의 모든 것을 두고 달다 쓰다 맵다 떫다
높게, 낮게, 무겁게 가볍게, 깊게……
그것이 느낌인가
사과의 생각은 무엇인가 사과에게 묻는다.

지나간 건 사라진다

늦은 밤 길모퉁이를 꺾는데 사람의 바람이
부딪히듯 사라진다 당신은 누굴까
너도 그러시겠지 당신은 누구냐
수취인이 바뀐 우편물 속처럼
도박판 결과처럼
누드 잡지의 밀봉된 본문처럼
그만큼의 세상사가 궁금하게 지나간다
도시는 산문이 아니지만, 인간은 자연이다
나는 무엇으로 누구일까
안드로메다의 비해, 인간의 다른 꿈은 아무 것도 아니다
치매의 확률은 나이에 비례한다
신이 저녁밥을 굶었는지 질문도 없고 답도 없다
삶은 바람이고 바람은 부는 것이고
지나가는 것은 사라진다
지상의 하루가 갈 길을 간다.

가을 일기

가.
가을 숲을 걷는데
톡
떨어지는 알밤에
숱 드문 짱백이가 맞아
아야야!
유년의 추억들이 밤톨처럼 아우성이다

뒤 따르던 등산객이 빙그레 웃으며 지나간다.

나.
떨어질 것들 떨어지고
가야 할 것들 가야 하는 시간에
산을 넘는 일몰
변절하는 계절이 동반자하자 하네

도시에 불이 켜지며

가로수와 가로등이 나란히 서서
서두르는 발길들을 도와주고 있네

동네가 가까워지자
이웃집 강아지가 땀 냄새를 맡고
칭얼칭얼 하네.

다.
신호등 깜박깜박 서둘러 뛰는데
까 먹은 양은도시락이 등짝에 붙어
포크에 찔리는지 신음을 낸다
부끄러운 일 아님에도 눈치로
힐끔거리며 아파트 정문에 이르자
정복을 입은 할배 수위가 거수경례를 하며
'건강하세요' 한다.

라.
쪽빛 하늘이 흘리는 기러기 떼
점점이 찍히며 끼룩이는
가을 저녁답

가벼워진 귀가 길
옅은 바람에
햇밤 꿉히는 내음 은은히 오는데.

가는 듯 서는 듯
허름하게 비워지며 저무는
황색의 하루.

대초원

시선 끝까지 초원이다
지평선 아득함으로 말 한 필 달린다
갈기의 바람이
적토색 잔등에 미끄러지고
휘날리는 꼬리 털
저 곳 몽고
대지의 대자연이 희롱하며 내닫는 까마득
잃어버린 꿈이 깃발처럼 펄럭인다.

바람에 씻다

석양을 바라보네
수평선 따라 해가 지네
지상이 어두워지는데 바람 부네
익지 않은 것들도 고개를 숙이네
떫거나 시거나 고약하거나 속 아프거나
아무렇지 않네
오직 나이 탓을 해보네
날것들이 먹고 싶네
토네이도 부는 날
시퍼런 파도타기를 하고 싶네.

춤추는 그림자

그날 보름 밤
호수는 잠들지 못한다
에머랄드빛 하늘에 휘영청 부신 달빛
유리알 물 속에 춤춘다
덩달아 바람난 바람이 살랑살랑
물실크 같은 물면에
새파란 춤을 춘다
청송이 내려다보는 호수 속
바람이 날개를 달고 푸른 그림자를 흔든다
으슥토록 잠 못 들고 춤추는 호수.

움직이는 숲

도시의 숲은 빌딩만이 아니다
사람도 숲이다
지상의 한때, 일몰의 시간
움직이는 숲이 거리를 메운다
광화문 종로 명동에 들 무렵
몰려드는 숲에 야광이 쏟아지고
차렷 자세로 서 있는 마네킹들이
흘러가는 물결을 본다
소요가 출렁이는 한가운데로
꽃보다 곱거나 향기롭게 빛나는 밤
메트로폴리탄의 숲이 출렁이고 있다.

낙엽에게

너는 어디로 가려 하느냐
떠나지 않으면 아니 되겠느냐
하늘 빛 푸르고, 대지는 누런데
굳이 서둘러야 하느냐
간 밤 바람 비 그게 그리 서럽더냐
돌아 올 수 없는 먼 길
미련 없이 떠나려 하느냐!

삶은 해석이 아니다

나날이 물음이고
날마다 답인게 삶이다
짧거나 긴 것이
다 자기 몫이다
묻지 말아라 침묵이 답이다
삶은 해석이 아니다.

빛

밝게 하고
보게 하고
느끼게 하고
깨닫게 하고
실천케 하는

빛

세상의 강에서 무엇을 낚으려는가

밤낚시를 한다
낚시가 줄을 달고 강에 빠진다
대 끝에 매달린 긴 줄이
물 속 깊이로 들어간다
찌가 까닥이면서 꿈을 꾼다
깊어지는 적막이
강물보다 더욱 아득할 때
밤이 입질을 한다

초롱초롱 올라오는
월척의 별빛들
동이 틀 무렵
세상의 강에서 건져 올린
하얀 밤을 본다.

빨강 양철우체통

편지 없는 빈 우체통은
우체통이 아니라 양철통이다
내 언제 손편지 받아보았느냐
인쇄물이나 받아 안는 주제에
옛날 그 자리 그 골목에 그대로
우체통이란 이름표를 달고
비가 오나 눈이 오나 마냥 서 있는
너는 우체통이냐!
내가 왜 빨갛게 약이 오르느냐!

이것만이 아니다

세상사 어리숙하지 않아서 시를 쓴다
말을 말로 하기 싫어 시를 쓴다
생얼에 분장해보려 시를 쓴다

시만 쓰면 시인인줄 알고 시를 쓴다

밤 부끄럽고, 낮 민망하고,
어리석음 속이려 시를 쓴다
시로서 시가 너무 흔해
시다운 시 한 줄 있을까 시를 쓴다

이것만이 아니다
언어의 낭비도 모르고 시를 쓴다.

어머니의 들길

들길을 걷는데
누가 신었던 것인지
까만 고무신 한 짝이 버려져 있다
울컥 가슴살이 떨린다

어머니 삶의 태반은 검정 고무신이셨다
마당에, 들녘에, 오일장에, 아들네 오실 때에도
오로지 검정고무신이셨다

갑년에 흰고무신을 사 드렸더니
내가 이런 호사를 해도 되느냐고 하셨다
고무신은 어머니 인생 고해의 편주였다.

손 안의 나이테

나는 오늘도 어제처럼 사네
손 안에 한 줌 인생이란 게 있네
더 나은 내일을 위하여 살아온 흔적이 있네
부비고 흔들고 꼬부리고 펴며
땀을 닦고, 악수하며 움켜진 것들의 자욱이 남았네
오감보다 먼저 세상에 간을 보고, 몸보다 먼저
인심의 온도를 재는 첨병 역을 하였네
쥔 것들 놓지 않으려, 빠져나가는 것들 움켜쥐려
아등바등 달아나는 세월 늙어가는 허탈과 싸웠네
이제 펴보니 아무것도 없네
소쿠리처럼 물기만 남았네
내 삶에 무엇이라도 거쳐가지 않음이 없네
목숨의 처음부터 목숨의 끝에 까지 사역을 다 하겠네
그리하여 손가락은 굽고 손톱은 깨어진 채
내 인생 박물관이 되겠네
자랑과 정열, 사랑과 용기를 숙성시킨 질그릇이네
그러함이 고스란히 나이테로 새겨있네
너도 발바닥만큼 고맙고 미안하네

가을밤 실비

밤 깊은데
아파트 홈통 타고 돌돌돌
빗물 흘러가는 소리

잠 못 드는 망념 속으로 기어드는 소리
적막이 뒤척이는 밤 내내
귀뚜라미이듯 맑게 운다

누가 새벽 출근하는지
토독토독 비 맞는 우산 소리.

바람 부는 날

바람 쐬러 가자 한다
그대가 쐬고 싶은 바람은 무슨 바람일까

강에는 강바람 불 텐데
창밖에도 바람 부는데
무슨 바람 쐬러 가자 하는지

겨울 가며 봄바람 분다
우리들 작은 도시에 낯선 바람 분다

그대 삶에 기가 찬 일 있는지
애인이 생겼는지
실바람 불고 있다

그래 우리네 삶에 바람만함 있더냐!

시월 상달에

벗은 나무에 달빛이 걸려 있네
깃대같은 가지에
깃발같이 매달려 펄럭이네
한 폭 노스텔지어가 꿈꾸듯 하네
하얀 그늘들이 성큼성큼
호수 속으로 들어가네
물그림자들이 파랗게 바래지고 있네.

지상에서 가장 먼 여행

여행을 떠나려 하네. 한 번도 가보지 못한 그곳으로. 이른 저녁을 먹고, 별들이 쏟아지는 시간에 맞춰 은하를 건너려 하네. 일만 년 정도 여정으로 북극성에서 신발 한 짝을 고쳐 신고, 새벽이 열리는 시간에 태양계를 넘으려 하네.

굽은 허리를 위하여 붙여두었던 파스를 떼고, 그 자리에 우표를 붙이려 하네. 애초에 정거장이 없는 어느 우주에 서성이려네. 그러다 어느 날 사랑이 몸살처럼 그리운 날 해진 신발을 고치기도 할겸, 잠시 지구에 귀향코져 하네.

세상의 섬

섬은 이름부터 외롭다
기다림만큼 긴 시간은 없다
홀로만큼 먼 거리는 없다
침묵만큼 고요함 없고
시간만큼 정확한 게 없다

가을이 바다를 건너 섬까지 왔다
섬도 세상의 하나다.

10월에

여름이 떠난 지 달포 만에 안부편지를 보내왔다
무슨 사연이 왔는지 가을이 쓸쓸해 한다
미간에 주름 한 줄이 더 생긴다
곁에 오동나무는
잎을 다 떨군 채 맨몸이고 그늘까지 사라지고 없다
여태 자리를 지키며 나무벤치에 앉아 있던 낙엽이
엉덩이를 털고 따라온다
쓸쓸함이 보슬비처럼 내린다
바람이 소나타 소리로 황색 숲을 흔든다
가만해도 가빠지는 숨
늦은 오후 그늘 한 줌 줍는다
추워지면서 흐리는 하늘
시월에 싸락눈 내리려나 보다.

월광욕을 하면서

달빛은 뜨겁지도 차갑지도 않네
선크림 바르지 않고
초밤부터 한밤까지 월광욕하네
뚝뚝 살이 오르는 복숭아밭
보름달이 무릉도원을 비추고 있네
비 스친 후
젖은 하늘이 마르면서 판유리 같이 반짝이네
마실 나온 조무래기 별들이 글성글성
눈물처럼 떨어지려 하네
둘이서 한 발씩 서쪽으로 가면서
혹, 새들이 깰까 하여 깨금발로 걷는데
달빛이 한 발 앞서서
나를 데불고 우리 집으로 가네.

2부

3월에

햇봄이 바람에 안겨
가다가 꽃밭에 쉬네
꽃들이 웃네

세상이 거짓처럼 편안하네

오늘은 시를 쓰지 않네
시가
꽃보다 고울 수가 없네

마음 속 언어들을
세상 밖으로 방목하네.

4월에

꽃밭에 꽃들의 수다가 한창이네요
여학교 교실같네요
고만고만함들이 서로 이쁨을 다투네요

새들의 혀끝에 초록물이 올라
재잘거릴 때마다
4월의 몸이 스프링같이 부푸네요

저들이 저러는 사이
바람의 체온은 올라가고
흙의 육신은 번질번질 뜨거워지네요

아메리카노를 마시고 싶어 커피집에 갔더니
그 집 창가에 난초꽃이 반기네요.

가을이 오는 길목

사리꽃 피는 능선을 따라 가을이 오고 있다
어스름이 끼이며 잡동사니 풀들이 웅크리고
선택을 허락하지 않을 계절이
선연히 모습을 드러낸다
아무렇지도 않은 듯하려 해도
가슴 속에 깃털 같은 게 날아다닌다
흔들리는 것들 모두 산에 올라 산등을 밀고 있다
더는 갈 수 없는 산일지라도 벌쭘한 나무들을 시켜
가는 여름 오는 가을을 영접케 한다
지난 밤 부터 나는
이불을 꺼내 들고 따뜻한 구들목을 찾아다닌다.

앉은뱅이꽃

바다를 건너고 싶지만
너무 넓어
건널 수 없고

하늘을 날고 싶지만
너무 높아
날 수 없고

강은 길어서, 산은 커서
짐승들은 무서워서, 사람들은 야박해서
도시는 시끄러워, 시골은 외로워서

숲속 오솔길 옆
따뜻한 양지녘에 터를 잡았다.

맑은 날들의 일기

한 장의 종이와 한 자루의 펜
시 한 줄이면 부족치 않다
일 없는 하루
살아 있는 날까지
곁에 시를 둘 수 있다면 더는 없다
욕심이 욕됨을 알았다
소주 한 잔 합시다/ 문득 불러주면 좋지요
아내의 잔소리/ 낯선 이의 등 밀어주기
카톡이 톡톡거릴 때도 좋지요
이웃집 문틈으로 나오는 찌개 냄새
아내의 밥 생각에 속이 꼬르락일 때
산책길에 떠오르는 시 한 줄
사는 날마다
참 좋은 사람이야
이런 정도면 흡족치 않겠소.

토지와 대지

토지는 나를 먹여 주시고
대지는 나를 살게 해주시고
삶이 풍족하였느니
세상을 껴안고 사느냐
세상에 껴안겨 사느냐가 다르다.

시인 예찬

우리 사는 세상에
시인만큼 고운 이름 있을까요
아름다운 꽃이 꽃값을 하듯
시인은 이름값을 해야 합니다
바람 같기도, 천둥번개 치는 소나기 같기도
수평선에 내리는 가을비 같기도
봄볕을 쳐다보는 고양이 눈알 같기도
대숲, 만년설, 외딴섬, 국화꽃, 장미꽃, 꺼벙이
봄날에 내리는 깃털 같은 눈처럼
대륙을 가르는 기차화통, 밤하늘 기린의 긴 목줄이듯
외롭기도 해야 합니다
입을 다물면 바위이고
입을 열면 노고지리가 되어야 합니다
시인이란 이름은 그런 호칭입니다.

무심

하늘
그리고 나
그렇게 둘이서
지은 죄도 없는데
숨을 죽이고
꽃을 엿보며
봄을 보내고 있다.

닭발을 구우며

달걀 한 개가 금쪽일 때가 있었지
이따금 수탉처럼 도도하려 했었지

탁발승의 허기를 짐작으로 짐작하려 했었지

백일몽을 꾸던 날
세태의 풍문에 간을 맞추며
바람의 맛을 보려 했었지

늙은 우리 할매는
닭갈비와 닭발을 푹 고아 드셨지

추억은 혀가 닿지 않아도 맛을 느끼지.

사람의 동네

옆집에서 애기 울음 들리고
숲이 있고
오솔길 있고
이따금 개 짖는 소리 들리고
동녘 산이 해 뜨는 아침을 내려다보는
그런 동네
외로운 밤엔 솔바람 소리가
화사한 날에는 철거덕 철거덕 달리는 기차
그런 소리 들리는 동네
하늘 아래 땅 위
대한민국 한 쪽이라서 좋은 동네.

시

더는
언어를 낭비하지
않아야지

시를
시라고만 해야지.

집 그리고 벽

세계 속의 집
벽 속의 방
어차피 못 다 누릴 지상이라면
뭘! 단칸이면 족하지
고대광실 커봐야 문밖보다
더 클 수 없을 것
높은 집 넓은 방 탐욕치 말라
마음 열어 문밖 세상 들이면
천지가 다 내 것이려니
집과 벽은 생각의 칸막이인 것을.

늦은 가을 밤

사르락 사르락 마른 바람 분다
낮은 풀잎 더 낮아지고
마른 땅 더 말라간다
누가 운다
꺾어진 골목 모서리들이 좀 더 각을 세운다
갈대들 무르팍이 한 번 더 꺾이는 소리 들리며
먼 것들 더욱 멀어지고
그리움들 좀 더 그리워지며 밤이 깊어 간다
어디서 찬 이슬 내리는지 한숨소리 젖는다
고요하다
세상의 날개들이 별이 되는 밤
바람보다 가벼운 삶이 먼 길 떠날 채비한다
저들은 이 밤 무엇으로 어디로 가려 하는가!

솔개바람에는 솔개가 없다

그때
몇십 년 전
소년의 하늘에는 솔개가 있었다
꿈 같은 거
청운 같은 거
한 줄기 비행운이
혼을 가로지르는 날개가 있었다

가을 깃드는
도시의 하늘에
솔개 없는 솔개바람이 분다.

주례사

사랑하고
결혼하고
같이 살면 뭐 하노
묻지도 말고 생각도 말고
아이 좀 만들거래이
세상천지에 아이만큼 이쁨이 있더냐
왁자지껄 살맛나게 많이 많이
제발 좀 부탁한데이!

정물화

봄이 오면서
양지머리에 얼레지꽃 피었다
솜털이 뽀소소 돋은 꽃대에 추위가 묻었다
아주 먼 산
상고대 가지에 초록이 실눈 떴다는 소식이랑
동면을 깬 산천어 임신 소식이 함께 왔다
어제는
문예회관 벽에 세로로 긴 현수막이 걸렸고
날짜와 시간과 장소가 한꺼번에
바다를 건너왔다는 소문이 파다하게 퍼져나간다
그들이 돛배를 타고 왔던 대서양을 돌아온 크루즈이든
시민들의 봄은 화창하기만 하다
사랑이란 자기와 약속이란다
목련꽃 벙그는 나무의자에 앉아 한참 동안
나는 평생 아내의 남편이라는 생각에 골돌한다
바람 분다
봄바람이라서인지 갈비뼈 사이로 지나간다.

水石

돌을 귀에 대보면
돌 속에
강이 흐른다

강에서 답싹 안아온
첫날 밤 떨림이 흐른다

돌의 주름에
산이 서 있다

처음 산에서 내려와 흐르고 굴러
물 곁에 오기까지의 곡절들
오롯이 살아낸다

돌은 돌 그대로인데
세월 혼자서 나이를 먹어 간다.

바다에 대한 초월적 물음

바다 앞에 서서 바다의 끝이 어딜까
육지의 시작은 어딜까
어디쯤이 끝이고 시작일까
끝과 시작이라는 것에 구분이 있을까
그런 다음에는 무엇이 있을까
경계와 사이의 차이는 어떤 것일까
시작의 끝/ 끝의 시작/ 먼저와 뒤
의미가 정리될 수 있을까
닭과 달걀처럼
육지 끝에서 바다의 시작을 보며
바다의 끝에게 물어 본다
상상이 무조건 비이성적인 것만 아니다
바다 곁에서 꿈을 꾼다
꿈꾸는 바다
시작과 끝 상상보다 아름답다.

가을 도시의 우울

회색 하늘에
얇은 구름 한 쪽이 천천히 가고 있다
할미새 날갯죽지가 비를 맞는다
툭툭 떨어지는 가을
열매들 빨갛게 앓는데
누군들 쿨룩거리지 않겠는가
가을 들어 더욱 멀어지는 사이들
25년을 한 아파트에 살았고, 이웃은 없다
여름 지나고 서너 달 만에 비가 온다
듬성듬성 머리털이 빠지는 도시

그러니 외롭지.

메아리의 겨울나기

쇠 때리는 소리가
쩡 쩡 쩡
어스름을 울린다
대장간은 산 밑에 있는데
산 위에서 내려오고 있다
모습을 감춘 채
절룩절룩 음절을 절면서
겨울 도시 어둑한
뒷길을 돌아 문 앞까지 온다.

다행이야

두 갈래 길이 있네
살면서 늘상 마주치는 길
행복으로 가는 길과
불행으로 가는 길
아무도 알려주질 않아서
선택은 스스로 해야 하네
어느 길이든 망설이며 들어서네
들어서고 나서야 깨닫네
후회는 언제나 늦네
다행히 다행이라는 길이 있네
그 길이 있어서 살아가네.

허공에게

하늘이 하늘에 담겼네
해와 달이
낮과
밤을 만드네
별들이 많아서 그런지
꽃밭 같네
바다에 담긴 바다같이
시퍼렇네
내 속이 허공 같네
허락하는지 물어보네.

별을 사랑하듯

별을 사랑하는 마음으로
사람을 사랑하리
멀리 있어 아름답고
만날 수 없어 그리운
그들에게 그러하리
살아보면 아느니
세상천지 사람만함 없고
사랑보다 더함은 없나니
하늘 속 별을 사랑하는 마음으로
세상 속 사람을 별이라 여기리.

동승 童僧

저 아이 스스로 중이 되었겠느냐
도가 무엇인지 알겠느냐
세상사는 법 도로써 구해지겠느냐
까까머리가 뙤약볕에 반짝이는데
목탁 소리가 귀에 들겠느냐
차라리 동심 그대로 두거라
승과 속을 분별할 나이가 되거든
승복을 입혀
그때사 동승이라 불러라.

출항

새벽 배 시동 소리에
두런두런
단잠을 깨는 포구

출항을 다듬는 뱃머리에
지긋이 앉은 먼동 속으로
어슴프레 떠오르는 수평선

희망 같은 거
스타트 라인의 두근거림 같은 거
새로움에 다가서는 설레임 같은 거

몸을 푼 목선 한 척 통통통
세상의 바다를 경쾌하게 나아간다.

사람의 웃음

기쁘면 소도 웃고
아프면 돼지도 운다
사람은 다르다
사람의 웃음은 소리다
하하 호호 낮고 높고 박자와 리듬이다
말 보다 진하고 행동보다 강하다
눈웃음 코웃음 비웃음 헛웃음 속웃음 배냇웃음…
장미꽃이 웃는다
호랑이가 박장대소로 웃는다
미소가 빙그레 한다.

그리 살아보았느냐

순백의 눈처럼
초록의 잎새처럼
새빨간 장미처럼
그리 살아보았느냐
억울하지도 않느냐
꽃처럼 아름답게 새처럼 자유롭게
바다처럼 시퍼렇게 산맥처럼 의연하게
사랑처럼 아프게 눈물처럼 서럽게
나이처럼 무섭게
더도 말고 덜도 말고 허둥지둥
거짓 없이 살았느냐
후회하지 않느냐.

혼자 있는 방

지난 해 걸었던 달력의 자리에
새해에는 미소를 걸기로 한다
날마다 그날인 내게
쳐다 볼 달력이 필요한가
아침엔 햇살 저녁엔 석양
오늘도 내일도 그럴 터인데
날을 챙기고 달을 손꼽아 뭣 하겠는가
하얗게 혼자인 방
즈문 미소나 걸어두고
쳐다보며 한번 웃고
지나가며 한번 웃고
그리 살게 해보자.

철길이 보이는 겨울 산

눈 온다
흑곰이던 산이 백곰이 된다
가지들 뚝뚝거린다
설화가 만발할수록 무거워지는 나무
바위들이 설피 속으로 기어들 때
KTX가 쏜살같이 지나가고
철길이 갈비뼈처럼 드러난다
허공에서 떨어지는 하얀 환희
눈은 내리고
낯선 풍경들 창을 밀고 들어온다.

나를 불러주세요

여보

저들이 당신을 부르네요/ 동백꽃이 피었나 봐요

햇살이 보이나요/ 커텐을 걷어 드릴까요

아침이 배달하는 산과 들/ 참 아름답네요

사랑을 열어보니/ 파스텔이군요

여보 여보/ 자꾸 불러 주세요

창에 매달리는 햇살이 주렁주렁하네요.

꿈꾸는 화분에게

창에 핀 난 한 촉
밖은 겨울인데
꽃이 핀다
며칠째 미동도 않고
빳빳하게 혼자 서
누굴 기다리는 지
꽃잎은 꿈속 같고
꽃대는 그리움 같다
외롬이 진동한다.

별을 헤는 밤

그때처럼 별을 헨다

나 너 좋아해
그 말 한번 해 봤으면

하늘에 별 좀 봐
그 말 한번 들었으면

서러워 죽겠다 외로워 죽겠다
배불러 죽겠다 즐거워 죽겠다
그런 장난 쳐봤으면 좋겠다

사람은 살아야 백 년
나무는 천 년 그래도 사람으로
늙어 십 년보다 젊은 일 년 살고 싶다.

자서전을 쓰자

추억이 있습니까
몇 개나 되나요
버리지 마세요
오래된 아름다움이 골동품이지요
명치끝이 아리는 무늬들을 닦아서
인생박물관에 헌중하세요
기록하세요
자신만의 고유를 흔적하세요.

기차는 어디로 가는가

산을 뚫고 강을 건너 기차가 달린다
품 안에 승객을 안고
등에는 세월
대가리에 바람을 태우고
두 다리에 쇳소리가 나도록 달리고 달려
허연 입을 벌리고 헉헉 가쁜 숨을 몰아서
종착역에 들어선다
기차는 증기기관차가 좋다
칙칙폭폭 소리가 당당해서 좋다
기억에 남지 않는 사람
추억을 만들지 못한 일은 삶의 낭비다
달리는 기차
멈춘 기차는 기차가 아니다.

명상의 시대

강과 길이 나란히 간다
지그문트 프로이드를 생각하면
제비꽃들의 자색이 보인다
나의 한때는
프로방스의 찻집에 있었고
손가락 한 개로 까닥까닥해주던
이국 소녀의 인사와
새빨간 비빔면이 유난히 먹고 싶었던
가슴이 별나게 맑았던 시절과 함께 있었다
새파란 풀잎이 돋아나던
강둑의 과거
아름다운 것은 추억이고 아리는 것은 기억이다
지워도 지워지지 않는 명상에 빠진다.

누나 생각

연못에 연꽃이 만발하다
구름이 열릴 때마다
달이 연물에 빠진다
누나의 첫사랑이 시집가던 날
하얀 손목의 정맥이 할딱이던 그 때 처럼
분홍빛 젖는다
이제 일어서려 하자
추억의 못둑으로 걸어 나오는 꽃들
달이 먼저 하늘로 올라가 구름 뒤에 숨는다
달빛이 고향 같다.

맨 끝의 추억

너는 그대로
눈썰미에 별이 빛나는 소녀
두 손으로 받친 하늘의 무게만큼
여태도 그러하구나
우리가 고향을 떠날 때
겨우 열일곱에 흘린 눈물 같구나
한 생을 풀잎같이 살았구나
인심이 해체되고, 사랑이 서고에 갇힌 후
아름다운 신비들이 사라지는 세상을
달맞이 꽃처럼 연약하게
몽당연필처럼 가늘게, 다 닳은 지우개처럼 기울게
지워지듯 살았구나
외롭게 굴러다니는 추억들
어느 바람벽에
씹던 껌처럼 붙여두었는지 몰라도
우리 더는 만나지 말자
만들지 못할 추억일망정
사는 날까지 궁금하게 남겨 그리웁게 두자.

3부

녹색의 향연

푸르르르르르르르르
녹색이 날은다

겨울 이야기들
해동의 기지개를 켜고

실밥처럼 돋는 초록잎에서
미어터지게 쏟아지는
녹색 향기

세상의 봄을 두드리는 실바람에
옅은 귀를 세우니

어디 멀리서 개굴개굴
합창 소리 들린다.

우정이란 무엇인가

부산 발 케이티엑스가 도착할 즈음
겨울비 내린다
염창동 풍경이 내다보이는 창밖
시래기같이 누워 있는 선로 위로
허름한 추억들이 흔들리면서 젖는다
창수와 나는 50년을 훌쩍 넘긴 친구다
반 세기라는 세월이 우리 사이를 흘러가는 동안
사람으로 세상을 살면서 우정이라는 인연을
끊지 못하는 사슬처럼 줄창 붙들고 왔다
때로는 무심히, 또는 잊은 듯
전화 안부나 나누면서 '잘 있제' 하곤 했다
그가 날 보러 부산에서 서울로 오고 있다
때마춰 겨울비 오고
알 굵어진 빗방울이 언 땅을 때릴 때마다
더 심하게 쿵쾅거리는 심장
추억의 중국집 아서원에 예약을 해두고
탕수육과 잡채, 깐풍기도 주문해두고
꼬량주도 서너 병 넉넉히 마실 각오를 해둔다

오늘은 그 동안의 무심함을 재대로 챙길 참이다
늙었다는 핑계의 금주, 금연, 금색의 족쇄를 풀어
시퍼렇게 되살아날 기세를 빳빳이 세운다
내 이런 작심을 익히 그는 알 것이다
친구란 그런 것이다.

바람 불다

1.
느리게 빠르게 짧게 길게 분다
여행을 위해
먼 나라로 떠날 때
바람이 분다
상상의 날개를 펴고
풍경을 만날 때
낯선 것과 낯설지 않는 것이 구별된다
사람들은 늘 습관을 만든다
그것이 문화라는 것이다
바람이 분다.

2.
여행지에서 집에 간다
누가 있을까
책상서랍에 넣어둔 오래 된 시계는 잘 있을까
그새 단풍 지는 가을인데

창가에 둔 분재도 물들고 있을까
문득 초등학교 졸업식이 떠오르는 이유는
낯선 바람을 쐰 탓이리라
노랑 머리칼을 만져 본 손가락이
계속해서 꼬물락인다
집에 가면 누가 기다리고 있을까
바람벽에 걸어둔 벽시계는
몇 시 몇 분에 고개를 빼고
반드시 돌아올 초침을 기다리고 있을까.

강강수월래

한가위 보름달이 동네 배꼽마당에 춤추러 왔네
말만한 처녀들이 손에 손 잡고 모둠발로 뛰며
갈래머리 출렁출렁 둥그런 달 속으로 스며드네
마실 나온 잔별들의 박수소리 하늘이 쏟아지고
박꽃처럼 터지는 지상의 웃음소리에 놀란 달이
가도 오도 못하고 밤 꼬박 하얗게 지새우네
강강수월래 강강수월래 까강 까아앙 수월래—

하늘이 그리는 그림

눈이 오네
지상이 도화지가 되네

눈이 녹네
세상이 그림으로 그려지네

눈이 내려도 내려도
흐르는 물에는 쌓이지
않네

몸에 담아 오는 산

나는 느낀다
이 산이 품고 있는 흥분이
나보다
더 뜨겁다는 것을
더 깊은 사유와 더 정직한 태도로
세상을 조망한다는 것을
세월과 함께 경험하고 있는 세태의 영욕이
허투로 역사가 되지 않는 다는 것을
산은 아는 것일까
짐작컨데
인간이 산술하는 천 년 만 년에 경망하지 않으면서도
까탈스럽지 않을 수 있는
하찮치 않을 수 있는 의연함을 느낀다
잎이 돋는 봄부터
눈이 쌓이는 겨울까지
사계의 운행을 품어 늠름히 살면서
때 맞춰 흥분하고 마땅히 절제하는
한 해가 한 낱이 되지 않기 위해서

기억을 새기고 훌훌한듯 미련을 거두는
묵묵한 산 살이를
내 몸으로 얻어 가슴 깊숙이 담아오나니.

사과의 고향

대구 사과
고향이 청도라서 아는데
추석에는 홍옥 설에는 국광이었어
한 여름에 익어 새빨간 홍옥은 새콤달콤했어
첫 서리 맞아 누르스름한 국광은 깊은 맛이 났었어
둥글둥글
겨우내 지천이다가 지구 따라 굴러서
예천 상주 문경으로 옮기더니
아무래도
옛 맛은 어디 갔는지
아침 밥상 사과 얼굴이 낯설다
사과의 본향은 대구야 대구.

어느 여명에

누군가 강을 건너네
하얀 안개네

젖지도 않고 빠지지도 않고
자욱도 남기지 않고 가네

얼굴을 내미는 물은
맑은 눈으로
잠을 깨네

어디쯤 갔을까
안개는 그림자도 없이
새파랗게 사라졌네

강 곁에 산이 있네.

내 생의 통한

사랑하고 싶은데
사랑하지 못하고
어물쩡 보내버린 세월

열 번에 열 번을 더 물어도
내 후회할 일은
이것뿐이다

더 이상 아픈 것은 내게 없다.

마음의 무게

저울은 마음을 달지 못한다
바늘이 움직이지 않기 때문이다
가볍고 무겁고는
마음만이 안다
인생도 그렇다
짜고 맵고는
살아낸 삶만이 안다.

건너지 못하는 이유

바다에 서서
건너지 못하고
먼 수평선을 본다
안타까운들 어찌 하겠는가
원한다고 얻어지고
바란다고 구해지면
살맛이 있겠는가
건너지 못한 평생의 아픔
홀연히 물가에 서네.

그 겨울 엄마의 가슴은 따뜻했네

새벽이 눈을 뜨는데
하얀 눈이 토실토실 내리고 있다
아이 엄마가 아이를 안고 눈밭을 뛰어가고 있다
연두색 포대에 감싸인 아기의 발이 하얀 토시를 신고 있다
골무를 끼운 손가락 같은 발가락이 달랑인다
뛰어가는데
겨울바람이 눈보라로 따라 붙는다
왜일까
눈은 자꾸 내리고
우리 엄마가 동생을 안고 읍내 병원에로 달려가던 그림이
따라 붙는다
나무들이 차렷 자세로 서 있는 언덕길
아직은 도시의 여명이 어둑한데
아이를 안은 엄마가 겨울바람이듯 날쌔게 달려간다
우리 엄마의 가슴이 달려온다.

무언으로 말하다

안개가
왜
산을 넘고 강을 건너서
소리 소문 없이 사라지는지
나는 모른다
그리고 어디로 갔는지
알려 하지 않아서
알 수가 없다.

황소바람 부는 밤

쇠바람 분다
나무들 땅에 엎드린다
이럴 때 견고해지는 건 몸이 아니라
마음이다
낮에만 잠시 날던 새들 가고
홀로 남은 빈 밤
별들이 반짝인다 한들
지상의 일에 무슨 위안이 되겠는가
서너 달 지나면 사월이 올 텐데
동토의 맨살이 얼어터지고 있다
세상의 삶들을 굴종시키는 겨울 한밤.

진실 혹은 거짓

말짱 거짓말은
마음은 늙지 않는다는 거
말짱히 밝히건데, 작년에 다르고
어제 다르고 오늘 다른 게 마음이라요
사랑에 배신은 간단한 거라요
맹세 같은 건 손바닥 뒤집기라요
정직한 아침엔
아내의 얼굴이 할매로 보이더라요
마음이 나이를 속일지라도
부끄러워하거나 괘씸해하지 마세요.
그것은 진실 혹은 거짓이 아니거든요.

질 그리고 질질질

헛발질하더라도 아는 대로 적어 볼까
바느질, 노략질, 싸움질, 칼질, 물질, 입질,
발질, 손질, 삽질, 포악질, 도둑질, 이간질,
계집질, 뜀질, 허탕질……
인간사 눈치로 엿보면
질 없이는 재미없을 것 같은데
지랄이 발광을 해야 세상사 푸짐할 것 같은데.

바짓단을 올리며

한평생 꾸는 꿈이 삼천 개라 하는데
하고픈 것, 갖고픈 것, 먹고픈 것이
삼천 개라 하는데
오늘은 바짓단을 올리려 수선집엘 간다
가면서 생각한다
하고픔이 많을수록 힘들어 진다는데
소원이 많을수록 확률이 약해진다 하는데
확률이 줄어들수록 괴로워진다는데
단 줄인 바지를 입고 거울을 본다
발등을 덮던 길이가 복숭아뼈를 드러내고 있다
날렵하다 날아갈 것 같다
바짓단 몇 센티 줄였는데 세상이 절반은 가볍다
줄이자 꿈도 욕망도 반바지로 줄이자
나는 철들고 70년을 살았다
그게 망발이란 것이다.

세상의 한 켠에 무슨 일이

가을 비 자락 끝에 눈이 내린다
눈이 오든 비가 오든
울타리 포도나무는 굽은 등을 기대고
겨울잠에 들었고
사거리 신호등은 순번대로 빨노파를 반복한다
진눈깨비가 구두코에 엉키며 속살이 젖는다
젖는 것과 젖지 못하는 사이로 초조가 몰리며
산다는 것이 잠시 어지러워진다
어제는 비행기를 탔었고
그토록 하찮게 내려다보이던 지상이 다시 두렵다
느낌이라는 차이라는 것들은 무엇일까
발 굵은 눈이 내린다
삶이란 살아있을 때다
지금이 무엇으로냐에 뜻이 있다
뜻은 자유가 아니다.

사막에게

사막은
세상과 세상의
다리다
보이거나 보이지 않는
선이다
꾸거나 꾸지 않는
꿈이다
살아보지 않은 삶이다
건너보지 않고는 모른다

백색으로 그려지는 그림

눈이 오네
백색이 내리면서
그림이 그려지네

새벽이 오네
시커멓던 산이
백곰처럼 살아나네

우리가 잠든 사이
하늘과 대지가
보슬 보슬 사이좋게
새 세상 만드네

핫커피 마시며 고향을 그리워하네.

사랑병 앓으며

불치병을 앓는다
첫사랑에
점염된 염병을
평생토록
고치지도 못한다

참
오래도 앓는다.

태평양을 건너며

우리가 하늘을 날을 때
시퍼렇게 눈을 뜨고 쳐다보는 바다
부러워서 일까 화가 나서 일까
땅에 붙은 등짝을 들썩이며
일어났다 누웠다 한다
가도 가도 시퍼런 바다의 하늘
우리 사는 세상이 출렁출렁 한다.

공터

주인 없는 자리에 단풍 한 잎 왔다
공터는 비어 있었고
쓸쓸하기도 외롭기도 했다
그날 가을 밤
가지에서 떨어진 낙엽이
정처 없는 바람에 불리어 가다가
하늘 아래 홀로인 공터를 만났다
그들이 동무인줄 알고
겉껍떼기 비닐봉지들이
날마다 모여 들었다.

시로는 면구한 몇 수

1.
산에는
높은 산도 있고 낮은 산도 있고
큰 나무도 있고 작은 나무도 있다
자연현상이다

2.
꽃을 보면
꽃이 왜
나와 다른가를 알게 된다
꽃구경이다

3.
여행이란
설레임에 묻어서 떠나고
피곤에 묻혀서 돌아온다
본것 보다 기억되는 게 적다.

4.
올려다보면 크고
내려다보면 작다
착각이란 것이다.

5.
식자우환이란 말도
저녁 굶은 초서라는 말도
해석하기 나름이다
다만 쓸 뿐이다.

6.
아침 해가 빨간 것은
아침이기 때문이고
저녁 해가 빨간 것은
저녁이기 때문이다
시인의 머리는 이 정도로 족하다

7.
바람의 노래는 바람이 부러는 것이 아니다
바람은 불기만하고 노래는
나무는 나뭇잎이/ 갈대는 갈대촉이
현수막은 펄럭 펄럭
창문은 창틀 틈이 대신해 불러준다.

8.
선禪 바위와 선立 바위는 다르다
서 있는 바위는 서 있기만 하고
선 바위는 禪을 한다
사람도 그렇다
한줌의 육신 속에 깃든 것이 문제다.

9.
대장장이가 쇠를 팬다
패면 팰수록 순정해지는 쇠
쩡 쩡 쩡

불순물을 두드려 패는 팔뚝엔
순질의 근육만 남는다.

10.
물구나무를 서 보면 안다
하늘과 땅이 달리 보인다는 것을
세상이치도 그렇고
사람살이의 입장도 그렇다
비가 내릴 때도, 솟을 때도 있다.

일화 日畵

하루는 한 장의 백지다

그림을 그릴 수도
그리지 않을 수도 있다

일상이란 그런 것이다
삶이란 한 권의 화첩이다.

오월의 바다

판유리같이 새파란 바다에
햇살이 소나기처럼 쏟아지고 있다
양산을 받치면
직선으로 내리꽂히는 빗줄기가
발 굵은 소리로 후려칠 것 같다

바람이 상륙한 틈을 타서
물 속으로 숨어 버리는 파도
파도와 바람이 숨바꼭질하는 사이
바다는 혼자서 수평선 까지 가서
판판한 유리가 된다
발을 올리면 스케이트 타듯 미끄러질 것 같다.

강물이 가는 길

밤이 깊어지자 강물은 긴장을 허문다
소리를 낮추며 사지를 쭈욱 펴서 노곤을 푼다
잠들지 않은 눈 지긋이 감고 긴 여정을 돌아본다

조막만한 발길로 발원지를 나서서 골짜기를 돌고
돌 틈을 삐져나와 낙차를 만나서 내질렀던 비명과
물속에서 대가리를 내밀며 하늘이 샛노랬던 공포감
이 고을 저 고을의 물들과 만나 몸을 비벼 섞던 일
산천어 쉬리 모래무지 매기 피라미 떡붕어 버들치 재첩…
별들이 쏟아져 내려 모래알들과 달음박질도 했었고
이끼 낀 몽돌 틈에서 소록소록 즐겼던 그 봄날의 낮잠
그들 추억과의 동행
한담으로 되뇌어 보는 길고 긴 여정들
바다가 가까워서야 비로소 따뜻이 돌아본다.

그 산에 봄이

철철철 녹음이 흐르네
푸른 그늘을 깔고 앉은 바위가
헤벌쭉 입을 벌리고 낮잠 드네
단전호흡하던 나무들이
허리를 펴고 사람의 세상을 보네
정오의 땡볕 아래 반짝반짝하네
신호등 파란 불에 바삐들 건너네
마지막 깔딱고개를 오르는 봄이
헉헉 숨이 턱밑에 차네.

도시의 나비

어디서 왔을까
샹제리제 찻집 창가에서 본듯
날개가 낯이 익다
이 도시 어디쯤 배추밭이 있을까
사방 백 리 콘크리트로 덮인 메트로폴리탄
똥돼지 막창구이 먹자골목 어귀에
누가 버린 봄인지
금 간 사기분재 분홍 꽃 한 촉
촛대처럼 피었다
네 있어 아름다운 이 도시
상쾌한 아침 산책을 한다
아직은 덜 간 추위가 골목을 어슬렁이는데
넌 어디서 왔을까
물방울 점이 박힌 얇은 날개로
팔랑 팔랑 도시의 봄을 손짓하고 있다.

새해 새벽에

그믐밤을 지켜내던
새벽 별들 하나 둘 지고 있네요
이름처럼 신선한 새해가 오나 봐요
첫 해를 여는 연하장 같네요
옆집에서 수도꼭지를 트나 봐요
쏴아 하는 소리가 상쾌하게 들리네요
냉온을 맞추는지 물소리가 리듬을 타네요
바쁘게 샤워를 하고
뽀송한 수건으로 머리칼을 털고
하이얀 와이셔츠에 넥타이를 맬 때가 그립네요
오늘은 부모님 댁에 가겠지요
가서 여럿이 당당하게 환한 미소를 지어며
새배를 드리겠지요
커튼을 쏴악 열었더니
바다 같은 새벽 세상이
출렁출렁 들이차네요.

움직이는 섬

빙산이
바다에 떠서 섬이 된다
누굴 찾아 가는지
움직이는 섬이 된다
아무리 크고 허옇도록 둥글어도
참 외로워 보인다
다른 섬처럼 앉아서 기다리지 못하고
그리운 것들을 찾아
두둥실 몸을 녹이며 떠돌고 있다.

다시 사는 삶

아침은
언제나
다시 오고

저녁은
늘
아쉽게 간다

하루하루가
그닥 다르지 않는 데도
새 날 새 달 새 해
기다리는 삶이라서 아름답다.

연필 예찬

연필

누가 처음 불렀는지
만만하고 편하다

깨벗고 같이 자란 고향 친구 같기도
첫사랑 고백할 때
말더듬 같은 것

고칠 게 수두룩한 인생살이
지워야 속 편한 철자법 같은 거

궁뎅이에 붙어 있어
지우기가 편한 지우개도 좋다.

누룽지를 씹다가

시가 누룽지면 좋겠다
씹을수록 꼬숩다
말의 성찬은 산문에게 퍼 주고
졸이고 졸아
노랑노랑 눌러 붙은 말들
침묵 대신
빡빡 긁은 누룽지면 좋겠다.

봄이 오나 봅니다

어둠이 홑치마처럼 걷힙니다
새파란 하늘이 열립니다
새벽별이 지면서
세상이 기지개를 켭니다
산이 일어나 앉습니다
사지를 펴는 나무들이 우두둑 우두둑
가로등 뼈마디가 뻣뻣해집니다
아파트 단지 사이가 분주해집니다
백목련 가지에 방울이 돋습니다
새들의 주둥이가 새파래집니다.

가자미는 왜 눈을 치켜뜰까

골목 생선구이 집을 지날 때마다
가자미를 생각한다
불판에 드러누워 치뜨고 있던 눈
바자작 몸이 타는데도
흘긴 눈 속 미동도 않던 동공을 기억해낸다
그때부터 시작된 궁금은
무슨 여한으로 가자미가 저러는지
수많은 생선 중에 가자미만 가자미눈을 할까
그날 어판장에서
살아 펄떡이던 그때도 그랬듯이
죽어 불판에 누워 자글자글 굽히면서도
가자미는 가자미눈으로 세상을 흘겨 볼까
가자미에게 물을게 아니다 세상에게 물어야 할 것 같다
가을바람에 생선내가 묻어 있다
참 비릿한 저녁답
세상에 눈 한 번 흘기지 못하는 나보다
가자미가 낫다는 생각을 하면서 저무는 길을 간다.

머리털을 자르며

수백 번도 더 잘라냈다
그래도 털은 자라고
자를 때마다 생각에 젖는다
까만 머리칼이 하얗게 자라더니
듬성듬성 민둥산처럼 드러내는
짱베기가 참 민망하기도 하더니
보들보들하게 쓰다듬어주던 할매 손
반질반질하게 발랐던 포마드 기름
한껏 휘날린 장발의 청춘이 떠오르더니
그리하여
꿈꾸듯 날아가버린 생의 허망을
싹뚝싹뚝
가위소리가 여한 없이 잘라내고 있다.

천의무봉

지상의 때가 피곤할 즈음
저물며 드는 시뻘건 노을
저 하늘
아침에 청춘처럼 새파랗더니
정오에는 이글이글하다가
하루 해 더듬더듬 황혼이다
산다는 게 저런가
길 가 나무의자에 앉아
생각 없는 하늘을 멍하니 바라보네.

어느 비린 날

고등어 살내가 가루처럼 다닌다

바다가 보이는
대폿집 창 너머로 가을 비 내린다

비 맞는 파도는 비릿하게 젖고
기다리는 친구는 여태 오지 않는다

소주 한 병을 비운
취기가 혼자 몸 밖으로 나가더니
바다를 걸어 섬으로 간다

아득하게 흐물흐물 떠 있는 섬
가을비 오는데 참 외롭게 젖는다.

4부

아버지의 땅

아버지는
흙을 옥토라 하셨다
박토도 정성을 들이면 옥토가 된다 하셨다
흙을 가꾼다 하셨다
논밭의 이랑들이 살아 굼실굼실 하고
정을 주게 되면 몸에 척척 붙는다 하셨다
일평생 농부이신 아버지는
스스로 흙이라 하셨다
손발에 묻은 흙을 툭툭 털면서
말끔히 씻는 건 인정이 아니라고 하셨다.

하루도
떨어질 수 없는
인생의 전부가 고향 땅이셨다.

노청

늙은 귀가
젊어 듣지 못한 소리를 듣네
어두워지며
세상이 가물거릴지라도
조용히 들려오는 저들 고요함
못 듣는 게 아니라 안 듣는 소리 속에는
티 한 점 없네
말썽 없는 일이 어디 있으랴
어지러운 소음들 들을 만큼 들었으니
더는 말고 귀 닫아 걸어
보고도 못 본 듯 들어도 안 들리네.

분수

밤에 보면 불꽃 같다
새벽에는 나팔꽃 같고
멀리서는 나비 같다
손을 대면 뜨거울 것 같고
오래 보면 고향 같다
염천의 밤낮을
우산처럼 받치고 있다.

겨울이 말라가는 풍경

얼고 녹고, 녹고 얼고, 얼고 녹고
삭신이 노래지도록
겨울 황태가 말가고 있다

칼바람이 쉬는 날은
눈이 내리고
길쭉한 주둥이들 쩍쩍 벌리고
울컥울컥 진눈깨비 들이킨다

말라붙은 눈시울 희멀건히 뜨고
뭉개진 콧구멍 삐딱하게 열어 두고
짠내가 들락이는 동해를 바라본다

시퍼렇게 그리운 바다 쪽에 귀를 세우면
덕장이 출렁출렁
12월의 겨울이 해갈이를 하고 있다.

쉼표

천 년 고찰
창연한 법당
상좌한 좌불 앞에
평좌하고 마주 앉아
눈 지긋 감고
삶을 벗어 놓는다

쉼표가 된다.

그 섬에 가고 싶다

둥둥 다리를 걷어붙이고
그 섬에 가고 싶다

새는 날아서 가고
물고기는 헤엄쳐서 가고
바람은 젖지 않고 가는데

사람인 나도
그 섬에 가고 싶다.

동복冬服 이후

동복 바지가 뱀 허물 같다
내 스타일이라고
한겨울 내내
허리춤이 너덜너덜하도록 입고 벗고
사타구니가 쩔어 쉰내가 진동한다
봄이 온다 하기에
바람벽 걸려 쭈그러진 바지에게
인생이란 걸 대비한다
우리네 늙은 삶도
쭈그러진 동복처럼 세탁소에 보내고
새파란 봄옷으로 새초롭게 갈아입고
꽃 피고 새 우는
새 시절 새 인생 빳빳하게 살게 하리

그럴 수 있다면

고독의 깊이를 잴 수 있다면
그리움 길이를 잴 수 있다면
외로움 무게를 잴 수 있다면
사랑의 기쁨을 잴 수 있다면
세월의 거리를 잴 수 있다면
운명의 미래를 잴 수 있다면
생사의 속도를 잴 수 있다면

그럴 수 있다면
세상살이 살맛이 있나요.

대춘부待春賦

매운 바람 부네
들꽃이 피려 하네
겨울인지 봄인지
분간하지 못하네
그러느니 하는데도
기다려지네
봄이 어서 왔으면
좋겠네.

피나물 꽃

내가 너에게 갔을 때
그냥 간 게 아니고
보이는 것이 전부가 아니었다
그땐, 피나물 꽃피었고
꽃말처럼 내가 건넨 말이 전부가 아니었다
너의 순정이 봄볕에 새싹 같아서
나의 고백이 너를 꺾을 수 없었다
우리의 미소가 미동을 깨운 사랑이라 할지라도
보여준 것이 전부가 아님을
오랜 후에야 알았듯이
갈색 덤불 속에 빼꼼이 피나물 꽃 피었다.

장미꽃 피던 날

장미 피네
분홍색이네
우리 손녀 입술 같네
봄바람이 지나가네
장미꽃들 손 들어
좋은 하루 되세요
울타리 모두가 일어서서
깔깔깔 웃네.

초상화

그림을 그릴 줄 몰라서
내 초상화를 시로 그리려 한다
얼굴과 눈을
귀 코 입을 그리니 드디어 사람이 된다
늙어 쭈글한 초상화 밑에
시인 박현태라고 적는다
참 낯설다
아무도 나를 몰라라 하며
표제도 그림도 쳐다보지 않고 지나간다
차라리 서정시 한 줄 밑에
박현태라고 할 걸 그랬다.

천 일의 추억

삼백육십오 일
곱하기 삼 년
파독 광부살이를 했다
쉬는 날 빼고는 날마다
지상에서 지하로 내려갔다
땅 속으로 일천 미터 옆으로 일천 미터
새까만 석탄을 캐러 다녔다
삶이 죽음의 경계선을 만나듯
캄캄했다
내 생의 한 쪽이
천 일의 추억을 만들어
거기다 두고 왔다.

다시, 자화상

지금 내 모습이 있기 까지
나는 나의 무엇으로 살아왔을까
많은 시간과 사람과 일들
그리고 일월의 날들과 눈 비…
그들이 나의 늙음과 무엇이었을까
그냥은 지나가지 않았을 우연까지도
나와 같이한 삶에 무슨 인연이었을까
나의 늙음이 설혹 그냥 지나간 것이라 할지라도
부끄러워 할 이유는 아닐 것이다
늙어 힘 빠진 다리/ 흐릿한 머리/ 무덤덤한 가슴이
마냥 무심할 수없음이 단지 안타까움만 아닐 것이다
굳이 화필로 자화상을 그릴 이유가 있겠는가
내가 겪은 세상의 모두는 끝내 무연하지 않을 터
오늘의 내 얼굴이 담고 있는/ 지우려야 지워지질 않는
꿈과 좌절, 사랑과 우정, 고난과 영광, 웃음과 울음...
밤과 낮/ 강과 산/ 바다와 육지/ 동양과 서양/ 시골과 도시
내 늙음과 함께
사시사철 쌓여온 집합물들의 흔적이

거울에 비치고 타인의 얼굴에도 되비치며
보이는 일생 그대로 한 획으로 쭈욱 일필휘지
세상 한가운데 터억 걸어두려 한다.

별들의 천국

밤입니다
바다의 눈이 반짝반짝합니다
수백 개나 됩니다
캄캄한 세상, 혹시나
바다가 깊은 물에 빠질까 걱정이 되나 봅니다
별들이 물 속을 지키고 있습니다
새파란 하늘 속에서도
밤새 눈을 켜고 반짝반짝합니다.
별들이 천지를 지키면서
온 누리가 별들의 천국입니다.

시린 날들의 추억

달빛만으로도 환한 산촌의 밤
시냇물소리만으로도 노래가 된다
강둑을 걸을 땐
키 큰 미루나무들이 동행이 되어주고
고개를 넘어오는 산들 바람이
들판의 숨소리가 되어 준다
이웃 동내 개 짖는 소리가 지켜주는 밤
샘물 같은 하늘 속에
줄 긴 두레박을 드리우고
퍼득이는 별들을 한 움큼 건져 올려
네 하얀 목아지에 걸어준 목걸이.

겨울 서정 두어 수

1.
세상의 아침에
밤눈이
하얗게 펼쳐 있다

하늘이 벗어 놓은
잠옷인가 봐

2.
시골 밤을 혼자 걸으니
몸속으로 은하가 흐르네
돌 돌 돌
귀 창을 열고
새까만 물소리 듣네
외롭지 말라고
겨울이 졸졸졸
따라 오면서 함께 해주네

3.
야간 비행기가 별밭을 날아가는데
날개를 다치지 않고 가네
도요새들이 잠 든 밤이라
갈대들이 차렷 자세로 줄지어 서 있네
지상은 까맣게 자는데
하늘엔 젊은 별들이 쏟아져 나오네
사람 세상과 다르지 않네.

그대의 꿈

인생은 꿈이고
꿈꾸는 데는
돈이 들지 않는다

아름답게 꿀수록
남는 장사다.

도시의 밤길

별들아 오랜만이야
파아란 하늘 너네도

손꼽아 보면 달포 남짓은 된 것 같제
행안부의 지침에 따르느라
외출도 자제하고
술도 거르고
오늘은 맑다는 기상청 예보가 시중을 나도는
우리 도시 겨울 밤

빼꼼한 하늘
총총한 별들
너네들 참 오랜 만이다, 너무 반갑다.

고향은 묻지 않더라

고향에 갔더니 이름을 묻지 않더라
나이도 묻지 않더라
왜 왔느냐고, 뭘 하고 살았느냐고 묻지도 않더라
여태도, 산과 들에는 초목들이 자라고
뚝방 너머로 새파란 바람이 불더라
오래된 낯짝으로 갔는데도
니가 누구냐고 묻지 않더라
묻는 이 아무도 없더라
혼자서 동구를 지키며 천수를 누리는 느티나무도
반갑지도 않은지
그 자리 그대로 서서 멀뚱히 쳐다만 보더라.

봄이 오시나

얼음골에 눈이 녹으며 눈물이 흐르네
돌돌돌 돌틈을 빠져나와
새파랗게 질려서
골짜기로 내려오면서 소리치네
하얀 메아리들이 박장대소를 하고
나무들이랑 바위들이랑 산새들이
내 눈치를 살피네
산이 쭈욱 허리를 펴면서 웃네
봄이 오시나 등산화 끈이 느슨해지네.
물색에 초록이 비치네

빼빼한 겨울 속으로

나의 도시엔 눈이 오지 않는다
겨울이 서너 달 머물 동안
한 닢의 눈도 내리지 않았고
긴 목아지를 빼고 하늘을 쳐다보는 숲과
노오란 불빛을 켜두고 밤을 지키는 가로등
야식 배달을 하는 오토바이 질주가
단잠을 설치는 내내
눈은 내리지 않았다
아무리 기다려도 오지 않는 눈은
네게 당하는 배신의 사랑처럼 아프다
아직은 언 바람이 덜컹거리고
옥상에 걸어 둔 시래기가 바스락 바스락 할 때마다
겨울이 더 머물 수 있으리라 짐작되지만
더는 마를 수 없는 우리들 도시에
눈이 내리고
눈이 지어준 하얀 궁전 속으로
어느 손목을 잡고 내달려보고 싶다.

불전을 놓으며

부처 앞에 불전을 놓는다

꼬깃한 지폐 한 장 모서리를 펴고
가슴에 꼬옥 안아
속 깊숙이 모아 둔 정성을 꺼내 담는다

"악업을 사해 주소서"

손을 높히 든 합장을
머리 위 허공에 봉헌한다

"생의 치욕을 살라 주소서"

때 묻은 신발을 고쳐 신고 절 문을 나서며
희번덕 희번덕 눈에 불을 켠다.

가을비

비 온다
가을비는 하늘에서 오는 게 아니다
고향에서 온다
빗물에 젖는 건 우산이 아니다
뼈가 젖는다

어머니의 꽃상여 꽃잎들에
떨면서 떨어지던 비

가을비 오는데
발끝만 자꾸 젖는다.

소소한 행복

재래시장에 간다
그곳에 가면 익은 얼굴들을 만난다
할인매장을 지나 생선가게가 있고
가게 사장은 뚱뚱하다
떡국 떡과 예천국수 부산어묵을 파는 이는
우리 아파트 아래층에 산다
이천오백 원 짜리 잔치국수의 국물 맛은 한결같다
골목 끝에 꽃집이 있고
구두 수선하는 사장은 경상도 사투리를 쓴다
한 바퀴 어슬렁어슬렁 하면서
양손에 매달리는 까만 비닐봉지 속으로
주렁주렁 담아오는 행복이 있다.

우화 羽化

오랜 손편지를 꺼내 봄볕을 쬐인다
편지 글들이 꼬물락 꼬물락
애벌레로 살아나더니
곱슬머리를 들고 하늘을 향해
오래된 꿈을 깬다
봄 한나절
몸과 마음을 요리조리 따뜻하게 굽더니
겨드랑이 날개가 돋는다
이윽히 봄바람 불자
범나비가 되어 훨훨훨 날아가 버린다.

가벼움의 충일

산들산들
산들바람 부는데
아슬아슬
치마 자락 올라가네
혼자 걷다가 잃어버린
봄
물 비린
하늘 품에서
청포도 알들이 아롱지고 있다.

서로 도우미

단풍 드는 건
가을 탓이다

가을이 빨개지는 건
단풍 탓이다

가을과 단풍이
서로 곱게 늙는다

숲과 더불어

숲을 걸으며 노래 불렀더니
나뭇잎들이 손을 흔들며 박수 친다
신나는 건 이것만이 아니다
우우우 함성 소리에 덩달은 심장이
쿵쾅쿵쾅 북을 치며 웃는데
메아리들이 우거지면서 사방으로 울리고
나무들이 일제히 기립박수로 앙코르를 외친다.

겨울 경작

내 삶은 한 떼기 벌판
봄여름 가을이 지나
이제 겨울을 경작하느니
가슴 가운데 움막 한 채를 지어
할딱이는 심장을 지켜내느니
먼데서 개 짖는 소리 들리며 삭풍이 부는 날
이 땅의 파수꾼이 되느니
추수 때 떨어진 한 알의 낟알이
혹 얼지 않을까 밤 새워 노사초심하느니
그리하여 세월이 가고
혹한을 이겨낸 겨울 경작이
한 포기 파릇한 풀잎으로 싹이 돋을 때
나의 들녘은 꿈꾸는 대지가 되느니
한 움큼의 한 때
나의 우주에도 봄이 되느니
세상의 은총에 꽃물 들이는 시절이 되느니
굽은 손으로 토실토실
해동하는 흙들 가슴 복판을 주무르게 되리라.

맛있는 봄

봄이 온다 하기에
어디쯤 오시나 하고
골목에 서성이다가
볕 바른 양지 코 끝을 밟았더니
코털에 묻었던 봄이
톡 하고
포물선을 그으며 콧등에로 옮겨 앉는다

콧물이 입술에 번진다
아! 맛있는 봄이다

서쪽으로 자라는 나무

나이 많은 나무 하나
엉거주춤 서쪽 하늘에로
몸 구부리고 있네
해거름에 산을 넘는
풍경 속 늙은 성자의 합장
무엇이 저토록 엄중하게 하는지
이파리 하나 까딱이지 않네
살아서 얻은 어떤 것이나
죽어서 기대할 그 무엇도
깨달음이 없는지
세상 어두워지며 둥글어지는데
살아 온 세상
어슴푸레 실리는 낙조 끝
굽은 가지를 당기고 있네

지상에 깃든 춘몽

봄이
고양이 수염 끝에 매달려
반나절 졸고 있다
곁에
난분이 고개 한 촉 세우고
한나절 뻣뻣하다
창가
노랑색 볕이 맨살 내놓고
종일 내 일광욕한다

세상이 유리알 속에 몸을 담구고
새록새록 춘몽 중이다.

잠 깨는 아침

새벽 별이
잠 깨는 아이의 눈동자처럼 초롱하다

아내의 슬리퍼 소리가
침실에서 화장실까지 이어진다

포트 속 찻물 뽀글거리며
발광을 시작하는 찰나에
부엌 창문을 옆으로 드르럭 열자

입술처럼 열리는 세상의 아침.

두 세기를 살아내며

고까짓
핸드폰 하나 다루지 못 한다고
꼰대씨 꼰대씨 하지 마세요
이래도 나는
20세기와 21세기 두 세기를 살아가는 사람인데요
유년엔 지푸라기로 뒤를 닦았었고
노년엔 냅킨으로 입술을 훔치며 살아가느니
사람 사는 세상
아날로그와 디지털이 그다지 대수겠소
세기와 세기를 징검다리처럼
폴짝 건너뛰는 재미가
쏠쏠하다니까요.

가을 랩소디

사르락 사르락 얇은 바람 분다
마른 풀잎 더 말라들고
낮은 땅 더욱 낮아지고 있다
누가 성큼 온다
모퉁이 골목들이 좀 더 각을 세운다
먼 것들 자꾸 멀어지고
나무들 무르팍이 한 번 더 꺾이는 소리
그리움들이 그리워지며 밤 깊어 가는데
고요가 잠 못 들고 입을 연다
고향에 찬 이슬 내리는지 아버지의 한숨소리가
지척까지 온다

세상의 날개들이 별이 되는 밤
바람보다 가벼운 생명들이 길 떠날 채비하느라
밤 내내 바스락바스락 한다.

숲은 낮잠도 숲처럼 잔다

숲에
하늘이
잎을 밀고
가지를 열고
턱 하니 들어와
그늘에 자리 깔고
네 활개 맘대로 펴고
바람이 털끝을 흔들 때
코까지 드르렁이며 잔다.

몽고의 시

몽고의 시는 바람이다
황야를 내달리는 야생마다
자브체프 크리스토의 질주하는 야망이다
몽고의 시는 칼날이다
번뜩이는 햇살도 단도당하는 평원도
아득한 지평선 등허리를 타고 살 같이 달려오는
바람의 혀다.

추억이라는 이름으로

소녀가 물 속에 있습니다
그녀는 스물세 살입니다

달밤입니다
술 한잔했습니다

강에는 시퍼런 세월이
굽이굽이 흘러가며
손을 흔듭니다.

무지개 따라잡기

강 건너 언덕 위에 무지개가 떴다
강물을 구르는 굴렁쇠 같다
알프스를 넘어 오는 눈보라 같거나
시인이 시를 쓰는 눈매 같다

그만큼의 멀리에서 심장 소리 들린다

비 그치고
말갛게 눈 뜨는 하늘이
눈부신 세상에 금가락지 끼워준다

나는 고양이 같은 눈으로 말똥말똥 쳐다본다.

문득 뒤돌아보다

ⓒ2019 박현태

초판인쇄 _ 2019년 4월 3일

초판발행 _ 2019년 4월 11일

지은이 _ 박현태

발행인 _ 홍순창

발행처 _ 토담미디어

서울 종로구 돈화문로 94(와룡동) 동원빌딩 302호

전화 02-2271-3335

팩스 0505-365-7845

출판등록 제2-3835호(2003년 8월 23일)

홈페이지 www.todammedia.com

편집미술 _ 김연숙

ISBN 979-11-6249-057-0